튤립의 갈피마다 고백이

튤립의 갈피마다 고백이

초판1쇄 찍은 날 | 2022년 4월 27일
초판1쇄 펴낸 날 | 2022년 4월 30일

지은이 | 이명숙
펴낸이 | 송광룡
펴낸곳 | 문학들
등록 | 2005년 8월 24일 제2005 1-2호
주소 | 61489 광주광역시 동구 천변우로 487(학동) 2층
전화 | 062-651-6968
팩스 | 062-651-9690
전자우편 | munhakdle@hanmail.net
블로그 | blog.naver.com/munhakdlesimmian

• 이 책은 2022년 한국문화예술위원회 제주문화예술재단 창작지원금을 받아
  제작되었습니다.

문학들 시인선 014

이명숙 시조집

튤립의 갈피마다 고백이

문학들

시인의 말

사랑은 언제나 동쪽이다

몇 겹의 꿈자리 너머 소녀 이후
첫눈의 표정을 압축한다

세상의 모든 첫,

흰 고백이 아름다운 건
동쪽이 남아 있기 때문이다

떠도는 울초 맛 그리움에 빠진 이유로

소녀는 또 태어난다

2022년 5월
이명숙

차례

제1부

첫눈 맛 첫 키스처럼 첫말 하는 첫 눈빛

해바라기

한물간 사랑에도 밑불은 남았을까

마른천둥 치듯이 짱짱하게 울었다

아닌 척

널 중심으로

피었다가

여의는 ….

튤립의 갈피마다 고백이

이 하루 조롱하며 마침 불어온 바람 나를 겨냥한 듯이
슬쩍 민 것뿐인데

이생이 살얼음인 걸 또 까먹어 피멍 든

수천 개의 노을빛 스친 기억은 남아 울금향 머문 자리
떠도는 말풍선들
하영 먼 별빛이 차서 맘은 온통 회색빛

차마 모르는 너를 다 잊을 순 없었다

희고 검은 이 계절 그냥 사라진대도 먼 날의 은여우처럼
사용 못 한 너처럼

안티 코로나

음악이 문득 멈춘 오늘은 우연이다

꽃잎 지운 가슴을 덮어쓴 꽃의 사체

수북한 너를 태우다 눈이 머는 나처럼

어제를 수습 못 한 침묵은 블루 노트

베인 상처 벌려서 한 주먹 소금 치고

뼈마저 저린 오늘을 영사하는 너처럼

입술이 기억하는 분홍은 선물인걸

예쁜 새벽을 물고 달의 운명 속으로

사건의 주삿바늘을 밀어 넣는 해처럼

마스크

우리 간절한 진심 잠시 숨을 참는다

오늘의 어디쯤서
검은 물거품으로

색색의
가면 속에서
기호로만 남겨진

달아난 청춘 같은 그대 나의 치료제

바깥쪽을 포기한
요람에 중얼대는

첫눈 맛
첫 키스처럼
첫말 하는 첫 눈빛

피가 밴 골목에서 잠시 숨을 고른다

흰 꽃그늘 차지한
지워진 얼굴들과

새벽을
속닥거리며
장문의 슬픔 놓아주며

내가 그리운 날은 가슴이 흘러내린다

기억의 우물 속은 갈피갈피 봄인데
닻별 언저리마다 봄은 오고 가는데

우연한 운명이 오면 다시 나를 구할까

어제를 그리워한 오늘의 햇살 한 겹 병풍처럼 두르고
풀꽃들 키득대는
불암산 그 둘레길로 첫눈처럼 와줄까

나를 그리워하면 가슴이 흘러내린다

산턱에 걸터앉은 새벽 세 시 달처럼
바람의 비명에 맞아 소스라친 새처럼

봄빛 오래 눅눅한 요즘 불온한 나는, 있는 듯 없는 나는
망했으면 좋겠다

어차피 망할 거라면 지금이면 좋겠다

미니멀라이프

귀는 늘 닫혀 있어 꿈은 듣지 못해도
박하 향기 소복한 당신,

그림자 위에

어제를 드로잉하며 노을빛에 물들어

텅 빈 꽃자리마다 슬픔도 분홍인 날
그믐빛 가슴 안쪽 흥얼대는
음표들
딱 한 번 붉게 타올라
재만 남긴 당신처럼

아픈 공감 속에서 급행으로 파묻한 흰 꽃잎 속
흰 웃음

환각을 연주하죠

청춘의 가상 악보에 첫눈처럼 날아와

와인 한잔해요

　죽은 동자에 누운 저물녘 서쪽 하늘과 전신주 목 밑까지
차오른
　흰 안개와
　먼 데서 하늘을 긋고 지나가는 비행운

　샤갈의 마을에 와 담벼락이 됩니다

　플라스틱 화분에 당신을 심어 놓고 의자는 모자眸子도
없이
　눈의 안부를 묻습니다

첼로

환생을 꿈꾸다가 갇힌 새가 되었다

댓가지 출렁대는 표정에 골몰한 밤

희게 핀 마스크 불구 붉은 입술 핥는 밤

꽃을 사랑하고도 꽃을 볼 수 없었다

별보다 먼 사람들은 사람을 포기한 채

떠밀려 떠나온 세상 용서한 적 없지만

꼬투리 속 결명자 다음 생을 위하여

낮은 숨 터트리듯 멀어 더 아름다운

하나 된 문장을 위해 다시 우리 꿈꾸길

봄날

물빛 닮은 달빛이 미간 사이 앉았어

눈빛 풀리는 소리 너머
물의 날갯짓
초라한 내가 싫어서 애써 너를 모를 뿐

병상에서 밤새 널 섭외했지 매수했지

창밖의 별빛들이 내 몸 다 태우도록 모른 척 홀로 깊었지
더 볼 일은 없었지

꿈속 빈칸 메우고 사막의 찬 별자리
상상하는
햇바람 아무 기억 없어도

스스로 선명해지지 몸은 너를 그리지

빈속의 공식

대는 노래를 위해 속을 채우지 않네

말간 이슬의 글체, 탄생이 그러하듯

나 오직 절창을 위해 가슴 한쪽 비우듯

구름처럼 순정한 첫 문장을 숨 트네

바람 한 가닥으로 허공에 쓰는 초고

백 년의, 노을 머금어 혼잣말로 피는 꽃

첫 감정 퇴고 없이 나를 춤추게 하네

봄 산 진달래거나 가을 산 억새거나

계절이 계절을 비워 실명으로 오는 이

꽃의 발음 기호

반쯤 번 꽃의 입술 또박또박 정지된
젖은 말을 피우네
포리스터 카터의 「내 영혼이 따뜻했던 날들」
투명한, 감각 너머의 별들처럼 달처럼

너를 부르고 싶은
마음 안쪽의 동화

작은나무*가 되어 잿빛 세상 너머로

0시의 바다를 보네
하얀 속말 숨기는

눈꺼풀이 흐르고 상상이 반짝이면 추운 어둠 속에서
사슴의 눈을 보네
영혼이 돌아온 그때 사락사락 풀리네

* 포리스터 카터 『내 영혼이 따뜻했던 날들』의 주인공.

젠더의 방

곤란하다
떠오르며 웃는 얼굴 이유로

어디서 보았는지 무슨 일 있었는지
희노란 삭은 망고의 속뼈처럼 어색한

결국 다 읽지 못할
읽다 만
산문처럼
붉은 석류알처럼

옹골찬데 이 관계
응고된 피딱지처럼 곤란하다 우리들

내 안에서 고립된 너와 접속한 날은 흰 보랏빛 하늘이
거미를 연주하고

비너스 기억 잃어도 어떤 밤은 진리다

어떤 언어로도 번역하지 마세요

그대 버릴 기회를 부러 놓치는 사이

연둣빛 바람 앞에 나는 중독이에요

라일락 옹알이하듯 밤새 나를 앓는 이

마른 입술 적시는 초콜릿이 될래요

잠들지 못한 눈등에 입맞춤이 긴 새벽

회상을 실행할래요 청춘의 숲 그대를

열꽃으로 치장한 그대 드래그하면

허밍하듯 서창을 흔들어 깨우는 詩

마침표, 없는 이 계절 그냥 같이 살아요

트윗

우연 슬픈 계절도 봄날처럼 애틋해 거리와 거리 사이
마주 보며 선 우리

흰 새벽
기억을 열면 네 곁에 선 나를 봐

삶의 백신 맞바꾼 잃어버린 시절은 눈물과 눈물 사이
눈꽃 지듯 지는 섬

바다를 채우는 동안 내 안에서 너를 봐

삶이 하루치 우울 팔로우 하든 말든 나는 쓴소리 없이
까치놀에 끌리는

흰 파도
분홍을 쓰고 함께 읽는 우릴 봐

별빛이 오래 곁을 지키면
당분간, 을 생각했다

약속을 어긴 후회 경전으로 읽는 밤

어제의 사랑을 잊은 고추잠자리 선잠 깜빡거리지만 오늘을 상속한 날개는 우윳빛 안개의 팔에 꿈을 누이고 내일의 꽃을 배려하는데

상갓집 콩나물보다 못한 날이 있었다

검은빛이 흰빛을 떼먹고 달아난 날

바람의 발목을 의심하지만 단서 없어 온몸에 검자줏빛 멍을 들이고 팬데믹 쇼크사한 도시에서 폐허가 된 평발의 꽃잎처럼 지고 또 지고 돌아오지 못하는 나를 중얼거리면

밤새워 열이 올랐다 정작, 없는 건 너였다

마스크에 무너진 별은 별을 버리고 머리는 닻도 없이 암
초에 정박하고 천 개의, 돛을 단 배는 산 너머만 볼망정

늦은 봄빛에 깃들어 오늘을 태그하다

그대에게 가는 길 아직 많이 이른지 성에꽃 아슴아슴
새벽 창 수놓을 때

망울로 어둠을 밀어 눈웃음치는 백목련

여장을 풀려는 듯 작정한 봄의 입술 젖은 언저리마다
꽃 틔운 벚꽃 밀서

우리만 모르는 봄이 눈빛 끄고 오는 사월

설렘이 빛을 내고 민트향이 번질 때 이팝, 이팝꽃 같은
아지랑이 울대가

이토록 미어지는 것은 봄이 봄 아닌 탓이리

아르페지오 기법으로

미로 속을 헤치면 별빛이 만져지네

몽그라진 감정은 누구의 감정인지, 지난날 초침 분침이
후욱 숨을 바꾸지

피가 붉어질 때까지 싱싱한 어둠 속을
다시 궁금할 때까지 숙명의 안개 속을
불구의 글자를 끌고 흰 문장을 지나가

산 건지 죽은 건지 죽어도 죽지 못할, 산 채로 암매장된
오늘
또 쌀을 안치네

하! 붉어 좋은 날 한때 볕바른 표정 못 잊어

제2부

나는 나를 몰라도 나는 지금 나일 뿐

청도라지

흔들리기 딱 좋은 구등신 체형이다

멍들어도 감쪽같이 숨기기 좋은 살결

웃는 척
울며 산 날들

별빛으로 닦는다

꿈꾸는 눈빛은 흔들리지 않는다

눈동자에 꽃이 핀 세상은 꽃이라서
어둠의 끄트머리 빛은 세상이라서
너만이 궁금한 지금 이 세상은 너라서

우화처럼 멀어도 흔들리지 않는다

병든 입춘의 무렵 피지 못한
꽃처럼
웃자란 계절 너머로 너를 보낸 나처럼

아리랑은 울어도 국가는 모르는 듯 아라리 아라리요
뜻 몰라도 풀들의
흰 새벽
촛불을 켠다

꽃대 휘청 올라와

볼 붉은 알로카시아

너를 멈추기 위해 너를 피우는 것을

간밤 완벽할수록 꽃잠 든 꿈결 너머
이 겨울
끝장낸 너는 꽃비처럼 듣는데

삶이 기억을 잃어 실수로나 탄생한 흰 물방울 모른 척
술잔이나 채워도
종종이
곁에 와 눕는 아름다운 연둣빛

한 몸인 듯 아닌 듯 별들의 풍경 같은 소리 하나 몸짓 둘
울금색 그믐 같은

그 얼굴 꺼내 태우고 재로 쓰는 그때 그 詩

물의 장난*

연일 꽃잎은 져도 별들 수런거릴 뿐
그랑드 샤르트뢰즈 수도원*은
고요해요
창을 민 바람의 눈짓
천둥보다 클 만치

높은 산맥에 갇혀 눈비로나 뿌려질 무채색 구름처럼
생의 고비 못 넘긴
마지막
기도의 무늬
기억해요, 신들은

수사들 찬미가는 아픈 새들의 노래
풍경은 다른 풍경 지배하지 않고요
석양은
불춤을 춰도
무사해요, 침묵은

비﹟는 계속 통화 중 유랑하는 비구름 품 안에 들인 저녁

물빛 풀들의 무렵
한순간
새들을 위한
신의 음성 들어요

* 프랑스 작곡가 라벨의 피아노 작품.
* 프랑스의 알프스 깊은 계곡 정상(해발 1,300m)에 있는 봉쇄 수도원.

잠별

나는 나를 몰라도 나는 지금 나일 뿐

바람의 눈초리와 한 생애를 겨루다
심장을
내던져버린
누군가를 묻고 와

부러진 우연조차 운명이라 우기던
나를
괄한 탄불에 노릇노릇 구운 뒤
열없는
노을 속에서
촛농 같은 눈물만,

인연에서 멀어진 나비 꿈은 없어도

별빛 흐린 하늘이 희게 번지는 새벽

어쩌다
내게 돌아와
싱싱하게 웃어 주길

황태의 서쪽

고갯마루 바람이 고개 밑으로 온다 얼레달 목말을 탄 꽃
눈에 일렁이던
　진부령 산빛 이끌고 추상같은 표정으로

잔뜩 풀린 동태눈 감았다가 떴다가 빈속의 목어처럼 별
빛 펄럭거리며
　서쪽의 끝머리 이후 먼저 오는 새벽처럼

허공을 파먹으며 울다 웃다 하품하다 젖은 잠 말리다가
돌아온 바다의 기억
　그대가 덮어온 나의, 봄날처럼 탄생한

국지성 별이 뜬다

블랙 시트콤이네

색 바랜 말의 표정 다소 삐끗거려도 우연 변이 허기가
스위치 올리는 순간 지문으로 결제된

떨리는 눈꺼풀에 입술 문자 남기던 병적인 숨 고르며 차
마 비우지 못한
볼 붉은 쓰레기통엔 갈피마다 딱지꽃

작은 우주 미로 속 놀빛에 녹인 감정 맨발로 버티다가
파투 난 해체주의

우묵한 유산의 기억 밤의 속살 가르네

추억의 가면마다 드레싱 핀을 꽂고 마름한 채 버려진 그
시절 시침할까
가면 쓴 추억의 세계 푸새하여 꿰맬까

꽃 속에 울먹이는 시월 파도

핏기 잃은 땅거미 배밀이로 오는 섬

어스름 포를 뜨면 울숲 너머 뻐꾸기

뜰방돌 난간 넘어와 펼쳐 놓는 꽃밀서

안엔지 바깥엔지 웅얼대는 옹달우물

별 텀벙 달도 텀벙 물 텀벙 나도 텀벙

수몰된 젖 냄새 이후 젖멍울 또 총총한

소금기 베문 입술 구름 속에 감추고

해 다 진 담벼락을 버무리는 속바람

몇 방울 눈물에 젖은, 나는 당신 필사본

스타바트 마테르*

라일락도 장미도 검은 숨 몰아쉬는 오늘, 움칫거리며
노을빛 바랜 자리

오월은 인사도 없이 발자국만 남겨도

꽃 진 자리 슬픔은 당신, 당신 뜻대로 못다 핀 꽃 피우듯
그 계절 노래해요

이 세계 눈치도 없이 쏜살같이 흘러도

한 송이 불꽃 되어 재의 기도 올리니 내 영혼의 마지막
쓸쓸하고 흰 고백
들어요 울지 말아요 신의 사랑 믿어요

* 페르골레시가 남긴 불후의 종교 작품.

미련의 담벼락 사이

훗날 저승 갈 때는 기차를 타고 싶네

지금은 북망에 든 비둘기호 불러내

오징어 질겅거리며 풍경화를 그리며

통기타 콧등 타고 흐르던 '해 뜨는 집'*

귓불을 간질이면 생글 피는 웃음기

미련의 담벼락 사이 젖은 울음 펴 말리며

슬픈 입술에 묻은 표정은 지우며 가네

아카시아 한껏 핀 개운사 뒷길 너머

한 시절 소여물 씹듯 꽃향기를 핥으며

* 애니멀스(The Animals)의 해 뜨는 집(House Of The Rising Sun), 영국의 리듬 앤 블루스, 록 밴드(1964년 1집 수록곡).

원願

햇살 실핏줄 따라 연잎 몸을 펼치면 연밥 따는 손길 옆
폴짝 뛰는 개구리

살며시

눈꺼풀 여는

연못이야 한 장 경전

해 질 녘 하늘 머리 오색 등 내걸리면 그리운 이 떠나간
하루 설법도 없이

한 송이

연꽃 피우기

화엄으로 가는 길

눈물

시詩답잖은 문장은 꽃수의를 입어라

눈물 심지 적시는 기름, 닦달하는 불

국지성 화법을 위해 방아쇠를 당겨라

그믐 빛 함초롬한, 별빛들 새초롬한

풋 꿈속 천사들의 날개 빌린 시어詩語야

지상의 어떤 바람도 감당 못 할 춤타래

당신이란 처방은 나를 지목하리니

절로 번 열과처럼 나를 읽고 쓰리니

기어이 탄생할 詩여! 중얼거리는 빛이여!

다이버는 고독을 튜닝한다

1
별과 사랑에 빠진 남자는 고독하다
가슴속 싱크홀은 연인을 품은 성소
갓 내린 커피향보다 밤꽃향이 한 수 위

밤꿀에 뒤엎어져 맥 못 추는 벌처럼 제 찌를 제가 물고
풀리는 만장 바다
편서의 매혹에 홀릭, 기울어가는 한 사내

깊을수록 수직의 절정은 원칙이다
볼트와 너트처럼 한 쌍의 커플 되어
시슬곰* 난파선에서 별을 따는 다이버

2
나는 나를 모를 때 너를 절대 모르고 이 계절의 핵심은
그레이트 블루홀*
방류한 내 사랑처럼 침묵하는 아리아

먼 데 기적은 울어 홀로 불어온 바람, 집착은 끊임없이
별 하나를 띄우고
  석양을 발설한 저녁 심해곡에 피는 꽃

* 이집트 시슬곰(Thistlegorm) 난파선.
* 멕시코 유카탄 반도 남동부 벨리즈 해안에 있는 그레이트 블루홀(Great Blue
  Hole).

욕망은 물질로부터 자유로와라*

차압당한 소문이 꽃자리 가득 피어 꿀 먹은 입술 귀에
구멍 내던 벌들은

부르튼 꽃들의 앞날 책임지지 않는다

흩어우는 날개만 초혼가를 부르며 농몽한 초여름밤
촛농처럼 갈앉아

극진한 축제의 막판 옹알옹알 혼잣말

폐허의 안쪽이여 난해한 호흡이여 파랗게 새파랗게
가파른 눈길 접어

섬 달빛 마실 오거든 치성하라 무심은

* 체 게바라의 마지막 일기. '인간의 욕망이 물질로부터 자유롭고, 노동이 유희가 되는 사회'에서.

풋잠의 풀 메이컵

방황하던 입술에 사과꽃 만발하자 한 생을 간식처럼 축내기 시작하던
사월은 유혹의 씨를 온누리에 심었죠

꽃이 오지 않아서 꽃이 질 리 없듯이 예감이 없다는 건 운명 아니란 거죠
봄날은 제로 헤르츠, 처음부터 엇나간

별빛 머무른 허공 모서리 잠시 환한 전생의 꽃빛 동시 와락 핀 춤사위에
홀린 듯 아무 기억은 소야곡을 불러요

입김에 녹아버린 길 잃은 봄을 찾아 균형 잃은 오늘의 한 호흡을 찾아서
누구나 아무나 사이 별이 되고 싶어서

능소화, 꽃잎에 앉은 노을을 시작하다

단 하루도 이 하루 계획한 적 없지만, 밤이면 건너오는 쓸쓸함을 위하여

담 너머 고민하다가 울컥하긴 했던가

젖은 빨래를 널며 마른 눈 깜빡이면 허무의 발뒤꿈치 베 먹은 그믐 달빛

한 아름 아직은 남아 다시 울컥, 했던가

비가역의 여자는 말린 포도알 같은 유행성의 노래와 푸른 침묵을 위해

몇 장의 백야를 해석, 그예 담을 넘었던가

폭설이 내리는 전신주에 물고기가 앉았다

피지 못한 꽃잎이 휘어 튼 길 위에서 운명을 착각하고
향기 다 털렸을 때

기겁한 오늘의 섬은 빛 비늘을 흘렸다

섬 아래 가라앉은 여자의 아픈 꿈은 어떤 본론도 없이
노을 숲에 풀린 채

도홍빛 지느러미는 바코드에 숨었을라

누가 그 여자 이름 또다시 불러낼까 허공을 울고 가는
희고 검은 구름이

노을의 눈동자에 비친 이니셜을 읽는 저녁

제3부

누구나 아무나 사이 별이 되고 싶어서

제주 상사화

당신의 기억 한 잎 울컥 흘러내려요

한평생 쓰고 남은
연지통 같은 꽃껍질

어머니,

거지반 녹은 뼛골마다
붉게 필

블루수국

시앗 본 본처처럼 꽃등을 후회해요

노을을 시작하며 자신을 해체하며
설핏한
흰 문장처럼 그림자도 지우며

팔레트에 한여름 눈빛을 풀었어요

성질 파란 당신을 짓이기며
이기며
단 한 번 역동적으로 날 이기며 지우며

세상은 그럭저럭 정답고 무능해요

피멍 든 가슴마다 빨간 약을
칠하며
눈을 떠 운명이란 걸 뒤척이며 보채며

이끼의 방

꽃을 위한 고독은 근육량이 없어서

꽃을 위한 위로는 기지국이 없어서

쩌렁한 마녀의 물살 뼈를 깎아 견디네

헛뿌리 위 꽃꼭지 은박지로 감을까

얼마나 숨 막아야 스스로 문을 열까

접질린 파도 넝쿨 속 사라지는 동자瞳子들

혀를 문 붉은 이빨 쇠줄 끊지 못하네

물새가 물어다 준 이름 꿀꺽 삼키네

세상의 어떤 어미가 이와 같지 않을까

꽃첼럽 끝 무렵 꽃물 튀는 소리 잦아들듯

너머, 꽃빛 속으로 맨 처음 생각 나는 봄햇살 삼킨 심중
물빛 절창이었지

옷고름 살풋 풀리던 꽃이 피듯 사월은

꽃도장 눌러 찍고 물소리 출력하던
까풀도 지짐지짐 낮은 신음 흘리던

여백지 폴폴 채우며 어쩌다가 지은 분홍

달래 개나리 산벚 실눈 뜬 듯 감은 듯 노랫말 침묵한 채
목젖만 널을 뛰다

꽃나무 스탠드 아래 나비춤에 숨 멎는

우묵사스레피 꽃은 피어

마음이 미끄러져 배달된 신우신염

고열에 백기 들고 새처럼 파들대다

입술은 오븐 속에서 껍데기를 벗겨내다

살맛에 취해버린 항생제에 나도 취해

해동된 한치처럼 고장 난 침반처럼

링거줄 흔들어대다 링거 방울 세다가

그믐 같은 노을 녘 당신 눈빛에 젖어

없고 있는 나처럼 파한 향기의 구근

강물의 옆구리 따라 흥글소리 흘리네

슈뢰딩거의 고양이는 설렘

봄이 봄 아니라고 우는 저 구름처럼 합선되어 타버린 이
마음
  합성할까

우연한 어떤 확률이 너를 내게 보낼지

봄이 봄 아니라고 우는 산까치처럼 나는 나 아니라고 그냥
울어버릴까

너는 너 아니라면서 차단하면 잊힐지

봄이 봄 아니라고 우는 진달래처럼 넌 나의 수호천사 난
여기
  넌 저기서

한 삶의 흰 그림자에 불 밝히고 거뜬할

소녀

세상 모든 첫물은 찬란한 경전이라
달빛에도 물들어 무지개 피는 봄, 봄

사과꽃 복숭아 꽃물
한 세계 또 붉어라

풋머리 호박꽃에 벌들 극성인 거라
말랑한 아랫도리 발갛게 물이 들어

수줍은 설렘의 공식
쓰고 지우고 또 쓰고

달빛 환한 모퉁이 벌들은 어디 가고
젖내에 취한 별빛 입김에도 무르녹아

이 밤이 다 가기 전에
꽃망울 또 터질라

보르헤스의 픽션들처럼

거기 벽이 있었어 그땐 왜 몰랐을까
구멍이 숭숭 뚫린 벽이 거기 있었어

새하얀, 혹은 새까만 화지에 핀 꽃말을

추상적인 도발은 눈발처럼 섞이고 거룩한 유희처럼 거
슬리는 진술들

번듯한 묘사도 없이 또 하루를 살았다

어느 미궁을 지나 네 곁을 흘렀을까
아직도 미궁인가 또 누굴 흘러갈까

상상 속 폐허를 사는, 날 간추린 가인은…

눈 내리는 천국의 정원 안쪽 요정의 한마디로 눈 녹듯

우주는 삭제되고

어쩌다 마술적으로 너를 하루 살았다

자귀나무 전설

자귀는 타고난 듯 분홍 수줍음으로 그 어려운
주관식 사랑을
잘도 풀지

저 몹쓸
불륜의 냄새

아찔해도 모른 척

짐승 같은 사내가 오는 방식을 알지
이슬 바심 젖은 발 아랫목에 말리며
추억의 꽃가지 꺾어 첫 마음을 흔들지

내가 머리 자를 때 각도를 편애하듯 당신을 탄주하며
꽃의 방정식 풀지

뜨거운

한여름 밤의 세레나데

누가 뭐래

초아

너의 노을에 닿아 나는 나를 버리네
슬픔으로 압축된 그적 그 봄
잔별들

심연에 낚싯대 깊이 드리우고
꿈을 꾸네

나를 거둔 자리서 꽃들이 피어나고
나비는 나비대로 벌은 벌대로
울컥!

덜 여문 봄빛 필터링
꽃을 짓는 판타지

봄은 레지스탕스 초록을 예감하네
너는, 완강할수록 무성한
고독이라

일인칭 사무친 봄은 항울제를
처방하네

악마의 나팔꽃

이 별에 위리안치
해배
나흘 전이라면
악마는 나를 위해 프라다를 입어라*
그리운 귀신을 위해 첫 문장은 쓰련다

독기 물고 피운 꽃
끝은
치명이 정석
사랑은 사람의 일, 신은 차마 믿지 마
당신이 묵음인 동안 나는 나를 믿었지

미생은 미생이라 빛나기도 하련만
미완은 미완이라 허무만 흐벅지지
맨살에
달빛 걸치면
꽃은 필까, 피련다

* 메릴 스트립 주연 영화 〈악마는 프라다를 입는다〉 변형.

뻐꾸기, 푸른색과 분홍색의 카펫[*]

뻐꾸기는 여름을 계획하지 않는다

분홍 해안 피싱한 야성의 푸른 고집

감청빛 물속의 궁전 달팽이 각시 꿈꾸며

속눈썹 깜빡이며 허공 물집 짓는다

구름의 언덕 아래 붉게 피는 십자가

시계는 울지 않는다 사내처럼 울먹일 뿐

의식 잃은 새벽의 도시는 무구하다

적막한 간이역에 매물로 나온 인생

천추의 균형을 잃은 사과나무 한 그루

* 앙리 마티스 작품.

알토 색소폰

너의 눈빛 끌고 간 낙조류에 핀 물꽃, 에코로 온 설렘은
그 사랑 착각하네

홑잎에 홍접초처럼 차오르던 스물의 공복

박초풍이 낙태한 애월에 달이 지면 이안류는 파랑을 수
습하지 않으며

산언덕, 근육 감치던 갯달팽이 테러하네

겹겹이 역류하는 오늘의 물빛 예감, 문득 사라져버린 꽃
처럼 초록처럼

시계는 괄호를 치네 오지 않은 널 위해

봄, 먼저 넋을 놓은 도시가 통곡하면 혀는 풀빛 구릉에

자물쇠를 채우네

얼병든 너의 정원에 복사꽃이 필 때까지

가시나무새*

태양처럼 화려한 그 노래가 좋았어요

만년 마티스처럼 다흰 나를 사르며
당신을 울고 싶어서 또 하루가 갔지만

수평선에 드리운 달빛 한 조각처럼 먼바다가 그리운
난파 직전의 배는
당신을 울기 위해서 또 하루를 잃어도

별빛처럼 다정한 그 미소가 좋았어요

홀린 듯 세이렌의 숨 너머 싱싱하게
당신을 울기 시작한 오늘마저 죽어도

* 오스트레일리아 소설가 콜린 맥컬로우가 1977년 발표한 소설(The Thorn
  Birds).

일식

나의 백신은 그대, 인생은 그대 한 겹

길들인 적 없어도 알아챈 급소처럼
봄은 와

장미꽃처럼 피고 지는 한 찰나

그대 깊은 안쪽과 나의 바깥이 만나 손가락 거는 동안
달빛에 입 맞추면
꿈 너머 붉고 뜨거운 기슭마다 빛 푸름

연시 같은 아이를 지워도 착한 거기

독한 세상에서도 불량한 애인처럼
전생의
봄은 다시 와

살아지고 사라질

불의 노래

– 고추잠자리

그 어떤 체위로도 가을은 온통 붉다

순간은
영원이듯
또 다른
시작이듯

수천만, 수천만 송이

성스러운
성애
꽃!

아름다운 문장

아버지 봄기슭은 가을보다 쓸쓸했다

진달래 꽃빛 문장 웅성웅성 번지면 햇살처럼 방싯대던
주근깨 소녀 영토는 흐드러진 벚꽃들의 놀이터 창경원, 전
차 타고 종로통 밀고 가던 하늘색 스타킹과 노란 개나리
사방치기 하던 경복궁 박천군민회에 번지던 색깔 못 잊어
　파일명 꽃의 궁전, 으로 저장된 계절이 오면 읽지 못한
고백이 달빛 타고 오면

별빛 툭! 흩어지는 밤 압축 풀듯 몸 푸는⋯.

핏빛 출렁거리는 두만강 노래처럼
북쪽으로 휘어 핀 창백한 목련처럼
금이 간, 허공 터앝에 피는 꽃이 싫었다

별이 뚝뚝 지는 밤 이산이란 묘지에 원래 모른 일처럼
숨어 피는 꽃 있어

울어도 마르지 않는 눈물의 혼 불러내는

서쪽으로 가는 당신 차마 잡지 못하고
난감히 사라지는 당신 원망하면서
염숧하다, 아름다운 땅에 깃들기를 바라면서

제4부

몇 겹의, 꿈자리 너머 소녀 이후 또 소녀

분홍 백합

꽃 이파리 풋잠 속 허공과 내통하는 칠월은 꽃잎 벌듯
오직 처음이란 듯

꽃잠 속 아직 너에게 골몰하는 중이다

사막장미

어린 왕자 행성에 불시착한 밤이면 꿈에라도 꿈꾸던 계절을 소진해요

몇 겹의, 꿈자리 너머 소녀 이후 또 소녀

젖멍울 풀릴 무렵 심장 언저리마다
꽃빛으로 녹아든 우리 최초의 언어

좀처럼 잊힐 리 없는 첫사랑의 데자뷔

사막의 전갈자리 서쪽으로 기울면 당신의 이름 위로 꽃을 불러보는 날
전갈이 전갈을 물어 피를 섞는 밤 열두 시

불 꺼진 도시 변방 쓸쓸한 미간 사이 오늘의 일기 속에 붙들린 민달팽이

축축한 전생을 벗고 소낙비로 울어요

꽃자리

얼굴 없는 당신은 지금 어디쯤일까

끼니 거르지 말고 쉬엄쉬엄 가셔도

아버지 계신 그 별은 멀어질 리 없어요

구천 어느 찻집에서 국화차 한잔하고

졸음이 범람하면 둘레길에 주저앉아

한 시진 안개에 풀어 후룩후룩 넘겨요

두 평 남짓 빈 방은 가끔 글썽거려도

해 지고 달은 떠도 별빛들 또닥또닥

창문을 두드려 댈 뿐 꽃은 오지 않아요

오늘이 내 종교다

꽃잎이 꽃 지우는 막다른 길 위에선 어떤 야곡으로도
봄을 재우지 못해

엄마는 오지 않는다 내가 버린 엄마는

이 계절 애통해도 입술 포개려는데 내게 닿은 이름은
서늘하게 숨 멎어

칙칙한 가면을 벗고 이 난장을 버린 후

진실은 농담처럼 거짓은 진담처럼 거친 숨 뱉어낼 뿐
침묵하는 이 세계

충혈된 노을 속으로 하나 되어 사라질

널비*

이미 빵 터져버린 봄은 할 말이 없어 엎어진 물감통은
수습할 생각 없어
어디서
어디까지가 봄이거나 말거나

울며불며 번지는 담묵에서 수채까지 너는 나를 적시고
나는 발목에 걸린
갠 하늘
등 뒤에 숨어 헛문장에 팔매질

날아간 새야 꽃이야 다시 올 리 없지만 얼어붙은 눈동자
간질이는 통증이야
쪽창 밑
소야곡 형식 시그널로 다시 올…

* 지나가는 비.

상상이 아름다운 것은
기지국이 없기 때문이다

외로운 사람들은 그냥 얼음이 된다 1도가 모자라서 흘러
내리지 못하고 도시도, 죽은 도시에 빙의한다 척, 이다

언덕 위의 무덤이 꽃 보듯 나를 본다

혁명을 한답시고 쿠바산 오색달팽이, 체*처럼 밑줄 그으
며 일기 쓰는 왼쪽에서 아바나에 간다 카리브해 바람이 횡
설수설하면 플라야 라르가 해변에 간다 상상이 온다 랍스
타가 온다 열대어가 온다 물새가 온다 말레콘이 온다 문득
오는 당신의 신부가 되면 바예 궁전이 온다 마지막 불꽃을
태우는 해시계의 안간힘, 일몰이다 코코넛 칵테일이다 키
스다 살사다 아무튼 첫 경험이 필요한 오늘, 혼자 정동진
에서 연애 소설을 쓴다 공중을 공중하는 새처럼 구름처럼

한 그루 소나무 되어 지난 계절을 또, 쓴다

* 쿠바 정치인 체 게바라.

2020, 빈집 스케치

외로움도 깊으면 꽃을 피우나 보다

생글생글 춘삼월 호객하는 개나리

빼꼼히, 열린 문 밀어 콧장단 치는 봄바람

불기 없는 부뚜막의 귀뚜리 어디 가고

잿더미에 뼈 묻고 살랑이는 민들레

돌확에 빗물은 고여 낯을 씻는 흰 구름

정오의 햇살 한 줌 쨍하니 웃어주면

벌 나비 거리 두기 몰라라 나 몰라라

풍경도 잠에서 깨면 꽃 본 나비! 꽃 본 벌!

일인칭의 봄

꽃이 피겠다는데 막을 수 있겠어요
아까시꽃 찔레꽃 아직 피우지 못한
언어는, 어느 먼 생의 입술에서 필까요

꽃들 망막에 꽂힌 흰빛 푸른빛 사이 서로 다른 오늘의
왼눈 오른눈 사이
간 봄의 볕에 타버린 혀의 뿌리 찾아서

꽃이 지겠다는데 막을 수 있겠어요
검은 숲에 버려져 스마트만 진심인
우리는, 어느 천 년 후 여기 다시 올까요

불두화 합장하는 그렇고 그런 봄날 귀 적시는 소리에
그저 우연이란 듯
서운암 꽃자리마다 술렁이는 눈빛들

비창

물 흐르듯 흐르는 너는 신기루였다

첫새벽 소리 없이 다녀간 사람처럼

바람의 소나타 8번은 아름답고 흰 비문

나는 연습도 없이 문득 아프고 싶다

섣달그믐 슬픔은 흰 눈보다 부시고

문풍지 흔드는 소리 선물처럼 따뜻해도

구름 한 겹 풀벌레 울음 한 겹 지는 밤

사람은 우리들을 구원하지 못한대도

눈물이 행복하도록 조율하는 이 세계

봄물

아버지 살아생전 금이 간 당신 가슴

사월에도 눈이 와 젖은 발목 끌더니

그래도 그리우신가 입꼬리가 환해요

낡은 서랍 속에서 노랗게 바랜 사진

봄날 강물 풀린 듯 하염없이 보다가

내일의 수의 걸치고 돌돌 마는 눈꼬리

동짓달 푸른빛에 핏빛 낭자하던 날

밤하늘 별물 들어 꿈을 찾아간 연애

당신의, 몸에 당도한 꽃편지를 펼쳐요

깨진 봄날, 변방의 온도는 제로

꽃은 꽃이 진다고 꽃을 잊지 않는다

설핏 몸 떠난다고 환히 피는 눈물 꽃

비대면 신의 장난에 고개 숙인 한 찰나

비처럼 눈발처럼 진눈깨비 듣는다

꿈꾸듯 다녀가는 어머니 잠 속에서

우르르 끓어 넘치던 밥물 너머 희게 핀

찔레꽃 치마폭에서 나비가 사라졌다

해말간 울음 한 채 복송하는 입술과

해체된 수천 사연 속 꽃을 버린 꽃 사이

병

석양이 깃든 몸은 몸을 자꾸 놓친다

모른 척 고장 난 맘 편백 숲에 버린 날

달빛만 새콤한 맛으로 참견하고 달아나,

뻥 뚫어진 나무 밑 종아리 흰 종아리

보랏빛 소녀의 햇살 헤아리다 도망간,

백발의 근육 속에서 별빛 맛이 쏟아져

너는 운명을 믿어 운명을 그린다지

따라온 우연조차 거짓말 못 하는지

폐허의 우물에 빠져 넋을 놓은 풍경 한 컷

초승의 문법

마지막 빛줄기에 뼈 묻은 노을처럼 나는 중독될 거야
중독!
거부하지 마

한차례
바람비 이후 꽃잎처럼 헤져도

몇 초 소나기로나 내린
해독의 계절
영정의 방식으로 슬픔을 선택할래

간단한 인사도 없이 나비 꿈을 꾸면서

묵은 애인 복제해 랜덤으로 보내고 눈물의 뿌리부터
지도까지 뭉개고

복구된 너의 계정에 새 숟가락 얹을래

분홍 안개강 너머 달빛처럼

작은 바람결에도 쉽게 우는 새가 있다

휴애리 테마파크 떼창하는
별빛들
주술을 실행해 봐도 날듯 말듯 제자리

바삭대던 슬픔이 꽃으로 피었을까

상처와 은발 사이 덧없는
삶의 공식
앳된 정 꼬리 잡고서 낭창대는 핑크뮬리

마지막 간이역에 소풍 나온 청춘들 젖내 엉긴 옷고름 풀
어놓고
취한 듯

태평히 꽃밥 지으며 된장국 또 끓이며

디스토피아 바람 불어 검은 달이 뜬다

상처를 안아주면 오늘 더 나아질지 막간에 홀로 앉아
거리 두기 2미터

섬이 된 사랑의 기호 이행하는 눈빛들

나침판 흘린 달은 우리의 얼굴인가
주술이 술술해도 연주되는 레퀴엠

투명한 술잔 속에서 엉켜도는 혀와 혀

죽음을 예측하고 꿈이 꿈을 놓칠 때 오늘 죽은 별들을
조문하는 먹구름

할머니 어머니 사이 레테 강물 갈피에

영혼의 모서리 상상하기

가슴과 가슴 사이 추방된 바람의 씨 명치 아래
꽃잠도 꽃이라고 배시시

누군가 알아챈 날은 살풋 깨어 구시렁

신화처럼 건너온 얼굴 희게 풀리면 발목에 질끈 묶인
마음 하나 마음 둘

자전거 페달 위에서 공회전만 할망정

들키고 싶은 것은 낮별 하나 낮별 둘, 비를 감고 온대도
그대 에우로스(Euros)*여

별들의 숨과 숨 사이 바람 한 줄 낳아 주

* 따뜻함과 비를 가져오는 바람신.

사막의 칼리오페*

사하라 사막에도 보랏빛이 피었다

도시와 도시 사이 적막한 제로, 시에

일곱 겹 천국의 바다 은빛 소리 듣는 밤

쉼표와 끝점 사이 가면을 쓴 사람들

우리, 우릴 몰라도 꿈을 포장하였다

하루를, 다시 하루를 금지하는 이 계절

사막의 뒤꿈치에 보랏빛이 피었다

발목 잃은 바다에 희게 핀 물꽃이여

빛 고운 나의 천사여 우리 찬 손 잡아 주

* 그리스 신화의 아홉 뮤즈 가운데 하나로 서사시를 주관하는 여신. '칼리오페'
  는 '아름다운 목소리를 가진 사람'이라는 뜻이다.

모든 '첫'을 위한 흰 고백

이송희 시인, 문학박사

1.

기억은 아름다운 것이든 슬픈 것이든 모두 아플 수밖에 없다. 아름다운 기억은 다시 오지 않아서 슬프고, 고통스럽거나 슬픈 기억은 잊히지 않아서 아프다. 그래서 기억하는 것 자체가 인간을 늘 음울과 갈증으로 인도한다. 우리는 때때로 기억을 의도적으로 재구성하거나 편집할 때가 있다. 어차피 기억은 온전하게 유지될 수 없다. 현재의 관점에서 기억은 매번 계속해서 재구성된다. 기억은 현재의 뿌리이며, 현재가 있는 이유이기 때문이다. 현재의 관점에서 과거의 '의미와 가치'는 계속 재해석된다. 그렇지 않으면 현재를 버텨낼 수가 없다. 항상 똑같은 과거, 변하지 않고 갱생되지 않는 과거는 현재를 무너뜨린다. 지금

이 순간에도 과거는 재해석될 수밖에 없다. 이를 부정하면 안 된다. 삶의 거대한 맥락 속에서 기억의 단편들을 제대로 포용하지 못하면, 기억은 가시처럼 날카로워져 자신을 찌르는 상처가 된다. 가을에 낙엽 지는 모습만 보며 이별의 기억만을 생각한다면 상처가 되지만 낙엽이 져서 거름이 되고 그것이 생명을 잉태하게 된다는 자연의 섭리를 생각한다면 관점은 달라진다. 이렇게 거대한 시·공간의 맥락 속에서 기억을 재해석하고 재구성한다면 현재를 더욱 견고하고 흔들림 없이 살아갈 수 있다.

그 굳어진 기억의 작은 파편 속에 머물러 있다면, 남는 것은 상처와 고통뿐이다. 사람이 성장하고 성숙해지려면, 큰 맥락 속에서 지난 삶의 기억 하나하나를 고스란히 받아들일 수 있어야 한다. 모든 경험은 자기에게 꼭 필요하므로 스스로 불러온 것이다. 내가 겪는 현실은 내가 꼭 체험해야 하는 것이기 때문이다. 이명숙 시인은 이번 시조집 『튤립의 갈피마다 고백이』(문학들, 2022)에서 기억을 끌어안을 만큼 성장했음을 보여준다. 고통을 동반하지 않는 쾌락은 없다. 모든 쾌락은 고통을 동반한다. 모두 결과에는 아픔과 시련이 담겨 있고, 하나를 얻으면 하나를 잃게 될수 있다. 큰 맥락에서 보면 무언가가 온전하게 충족되었다는 것에 대한 환상으로 계속 살아갈 수 있을지 모르지만, 영원히 누릴 수 있는 충족도 쾌락도 있을 수 없다. 물질세계에 생성되는 모든 것은, 때가 되면 예외 없이 사라지며,

함께했던 인연도 때가 되면 헤어지게 되어 있다.

다소 낯설고 발랄한 이미지와 개성적 화법을 구사해온 이명숙 시인이 이번 시조집에 담은 키워드는 '기억'이다. 그것은 단순하게 과거를 떠올리거나 재생하는 방식이 아니라 현재를 구성하는 동력으로 작용한다. 이 또한 현재의 삶에 대한 성찰과 깨달음을 드러내기 위한 것이 아니라 폭넓게 삶을 인지하는 과정의 한 방식으로 기능하는 듯하다. 그녀의 시는 불필요한 감정 소모를 쉽게 허락하지 않고 이미지 전환이 되도록 빠르게 이루어진다. 이러한 속도감 있는 전개 안에 그녀가 담아내는 기억들은 제각각의 단편들이 아닌, 커다란 서사를 이룬다. 그것은 크게 인간의 삶과 죽음의 과정을 담아내는 성장 담론의 한 형태로 기능하는 것으로 보인다. 그래서 이명숙 시인의 시의 이미지는 무채색으로 가득하다. 희거나 검은 풍경들 사이에 회색으로 놓인 그녀 시의 주체들은 동쪽을 그리워하는 서쪽에 있는 존재들이다. 그리고 그들은 '함께할 수 없는 존재들'과 동행한다.

이명숙 시인의 시를 읽기 전 그녀가 쓴 「시인의 말」을 살펴봐야 하는 이유는 그녀의 시 세계를 걸어가기 위한 어느 정도의 암시가 될 것이기 때문이다.

사랑은 언제나 동쪽이다

몇 겹의 꿈자리 너머 소녀 이후
첫눈의 표정을 압축한다

세상의 모든 첫,

흰 고백이 아름다운 건
동쪽이 남아 있기 때문이다

떠도는 울초 맛 그리움에 빠진 이유로

소녀는 또 태어난다

―「시인의 말」 전문

　음양오행에 의하면 동쪽은 목기木氣가 배속되는 곳이고 계절로는 봄에 해당한다. 봄이 가지고 있는 상징성은 만물이 태어난다는 것, 얼어 있던 동토凍土가 녹으면서 초목草木이 하늘을 향해 초록의 싹을 들이민다는 것에 있다. "사랑은 언제나 동쪽"이다. 사랑하지 않으면 생명을 키우고 지킬 수 없다. 사랑하기 때문에 생명이 잉태하여 자랄 수 있다. 계절의 시작인 봄이 그렇고 해가 떠오르는 동쪽이 그렇다. "흰 고백이 아름다운 건" 아직 "동쪽이 남아 있기 때문이다". "떠도는 울초 맛 그리움에 빠진 이유로", "소녀는 또 태어난다"고 했으니 모두 일관성이 있다. 또 태어난다는 점은 늘 처음인 자연의 순환성을 이야기하는 듯하다.

봄은 살아 있는 기운이 있는 반면, 서쪽은 해가 지는 곳이고 모든 것을 수렴하는 장소다. 서녘에는 숙살지기肅殺之氣의 기운이 머문다. 시인은 서쪽이 아닌 사랑으로 충만한 봄을 이야기하고자 한다. 생명은 가을에 죽고 겨울에 새로운 탄생을 준비하여 봄에 드디어 태어난 것이니, 봄은 재생과 부활의 상징이기도 하다. 시인은 「소녀」라는 시를 통해 "세상 모든 첫물은 찬란한 경전이라/달빛에도 물들어 무지개 피는 봄, 봄"을 노래하며 "이 밤이 다 가기 전에/꽃망울 또 터질라"한다며 소녀의 이미지를 묘사한다. 초경의 순간, 드디어 생명을 잉태할 수 있는 길이 열려 어머니가 될 수 있는 조건을 갖춘 것이다. 그것은 찬란한 경전이어서 더욱 숭고하고 성聖스럽다. 이명숙 시인은 강력한 생의 기운, 삶의 에너지를 품은 그 '첫'이라는 기억의 이미지에 주목하고 집착한다.

2.

이 하루 조롱하며 마침 불어온 바람 나를 겨냥한 듯이
슬쩍 민 것뿐인데

이생이 살얼음인 걸 또 까먹어 피멍 든

수천 개의 노을빛 스친 기억은 남아 울금향 머문 자리

떠도는 말풍선들

하영 먼 별빛이 차서 맘은 온통 회색빛

차마 모르는 너를 다 잊을 순 없었다

희고 검은 이 계절 그냥 사라진대도 먼 날의 은여우처
럼

　사용 못 한 너처럼

– 「튤립의 갈피마다 고백이」 전문

'고백告白'이란 말은 '알릴 고告'와 '흰 백白'의 합성어로 감
춤 없이 다 드러내거나 알리는 것을 말한다. 고백을 하려
면 용기가 필요하다. 상대방이 거절하거나 내 맘을 몰라
줄 수도 있고, 공감을 못 할 수도 있기 때문이다. 그러나
고백하는 행위는 자기 감정에 떳떳하고 당당하다는 뜻이
다. 여기 튤립의 갈피마다 고백이 담겨 있다. "차마 모르는
너를 다 잊을 순 없었다"는 고백은 무엇일까? 이생이 살얼
음인데 바람은 주체를 겨냥한 듯이 슬쩍 민다. 그러자 얼
음이 깨지고 '나'는 물속에 빠지는 위태로운 상황을 만나게
된다. 여기서 바람은 뜬소문이면서 주체의 마음을 회색빛
으로 만들어버리는 존재다. 분명 바람의 소행이긴 하지만
눈에 보이지 않아 해결책을 찾을 수 없는 문제가 주체를

민다. 노을빛이 스친 기억은 생기를 잃고, 차고 매운 울금 향이 머문 자리에 여전히 말풍선들이 떠돈다. 떠도는 말풍선으로 인해 마음은 온통 회색빛이다.

회색은 무채색 계열로 색채를 잃은 색이다. 이미 주체는 감정이 고장 난 상태일 수 있다. 색채를 잃은 마음은 감정을 잃은 마음이기 때문이다. 회색은 흰색과 검은색이 뒤섞여 자기 정체를 잃은 색이다. 또한 '회灰'는 물건이 다 타고 남은 재의 색이기도 하다. 잿빛, 생기가 사라진, 색깔이 사라져버린, 흡사 죽음과 닮아 있는 색이 그것이다. 살아 있는 생명체는 온기가 있는데 차가워졌다는 것은 이미 온기가 사라진 이미지와 연관이 되고 그것이 시적 주체의 정서라는 의미가 된다. '너'를 품어서 마음이 회색빛이 되었을까? 모르는 '너'를 잊을 수 없었다는 고백은 출처도 모르는 말풍선이기에 어찌할 수 없었다는 것일 수도 있고, 누군가를 의도적으로 붙들고 있는 것일 수도 있다. 희고 검은 무채색의 계절, 먼 날의 은여우처럼 그냥 사라진대도 다 잊을 수 없는 '너'에 대한 존재감에 마음은 계속 회색빛의 연속이다.

미로 속을 헤치면 별빛이 만져지네

몽그라진 감정은 누구의 감정인지, 지난날 초침 분침이
후욱 숨을 바꾸지

피가 붉어질 때까지 싱싱한 어둠 속을
다시 궁금할 때까지 숙명의 안개 속을
불구의 글자를 끌고 흰 문장을 지나가

산 건지 죽은 건지 죽어도 죽지 못할, 산 채로 암매장된
오늘
또 쌀을 안치네

하! 붉어 좋은 날 한때 볕바른 표정 못 잊어

— 「아르페지오 기법으로」 전문

시적 주체는 소중한 추억을 더럽히고 싶지 않다. 젊었을
때는 미로 속에서 별빛을 만졌다. 별빛은 이 세상에 없는
존재라는 상징적 의미를 담고 있는 반면 희망을 상징하기
도 한다. 멀리 떨어져 있어 만날 수는 없지만 별의 존재가
있으니 어둠 속에서도 빛이 있기 때문이다. 이미 곁에 없
지만 우리가 잊지 않고 있으므로 우리는 또 살아간다. 온
전하진 않지만 그와 함께했다는 추억으로 살아가는 것이
가능하다. "몽그라진 감정"이 시·공간을 건너온다. 주체는
"피가 붉어질 때까지 싱싱한 어둠 속을" 지나고 "다시 궁금

할 때까지 숙명의 안개 속을" 지나고, "불구의 글자를 끌고 흰 문장을 지나"간다. '어둠'과 '안개'는 한 치 앞도 알 수 없는 미로 속으로 주체가 지나가야 할 길목이다. 더구나 '불구'라고 했으니 온전하게 갖춰지지 않은 관계이며 상황이라는 의미가 되겠다. 지금 주체는 산송장 같은 삶 속에서 오늘도 쌀을 안친다. 이 시는 모든 걸 이야기하고 있지 않지만 소중한 무언가를 잃고 아직 회복하지 못한 상처를 안고 있음을 보여준다. 그리고 그것은 상당 시간 지속되어 왔음을 암시한다. 주체의 기억 속에는 여전히 "붉어 좋은 날 한때 볕바른 표정"이 살아 별로 반짝이고 있다.

이렇게 영혼이 별로 반짝이고 있을 거라는 믿음은 「꽃자리」에서도 그려진다. "얼굴 없는 당신은 지금 어디쯤일까//끼니 거르지 말고 쉬엄쉬엄 가셔도//아버지 계신 그 별은 멀어질 리 없어요"라고. 그러나 "창문을 두드려 댈 뿐 꽃은 오지 않"는다는 것을 그리워하는 이들은 안다. 별빛이 창문을 두드려도 한 번 진 꽃은 다시 돌아오지 않는다. 여기서 꽃과 별은 돌아가신 아버지와 같은 개념인 듯하다. 원래 꽃 진 자리에서 꽃은 피지만 이미 져버린 꽃은 다시 돌아오지 않는 것이다.

그대 버릴 기회를 부러 놓치는 사이

연둣빛 바람 앞에 나는 중독이에요

라일락 옹알이하듯 밤새 나를 앓는 이

마른 입술 적시는 초콜릿이 될래요

잠들지 못한 눈등에 입맞춤이 긴 새벽

회상을 실행할래요 청춘의 숲 그대를

열꽃으로 치장한 그대 드래그하면

허밍하듯 서창을 흔들어 깨우는 詩

마침표, 없는 이 계절 그냥 같이 살아요

─「어떤 언어로도 번역하지 마세요」 전문

"그대 버릴 기회를 부러 놓치는 사이"에 주체는 연둣빛
바람 앞에 중독되고 만다. 어떤 관계를 해석하려 하거나
이해하려 하지 말고 있는 그대로 느끼라는 암시가 담긴 듯
하다. 주체에게 놓아서는 안 될 것 같아 붙들고 있는 것은
젊었을 때 만났던 사람일 수도, 봄에 만났던 누군가일 수

도 있다. 여전히 그는 마음에서 놓아주지 않는다. 아마도
가을에서 겨울로 넘어가는 '서창'이라는 계절이 지금은 함
께하지 못하고 있음을 방증하는 시기가 될 것이다. 그러나
주체는 젊었을 때 만났던 그를 마음속에 품고 있다. 주체
가 중독되는 연둣빛 바람은 바로 그 사랑이다. 마음을 설
레게 하는 봄바람이며 아름다운 추억이다. 주체는 "마침
표. 없는 이 계절을 그냥 같이 살아"가는 존재다. 그리고
사랑은 그 어떤 언어로도 번역하지 못하므로 굳이 번역하
지 말 것을 당부한다. 순수한 마음은 어떤 추상적인 언어
로도 표현이 되지 않는다는 것을.

3.

블랙 시트콤이네

색 바랜 말의 표정 다소 삐끗거려도 우연 변이 허기가
스위치 올리는 순간 지문으로 결제된

떨리는 눈꺼풀에 입술 문자 남기던 병적인 숨 고르며
차마 비우지 못한
볼 붉은 쓰레기통엔 갈피마다 딱지꽃

작은 우주 미로 속 놀빛에 녹인 감정 맨발로 버티다가
파투 난 해체주의

우묵한 유산의 기억 밤의 속살 가르네

추억의 가면마다 드레싱 핀을 꽂고 마름한 채 버려진
그 시절 시침할까
가면 쓴 추억의 세계 푸새하여 꿰맬까

－「국지성 별이 뜬다」 전문

　국지성이라 했으니 정해진 지역과 장소에서만 별이 뜬다는 이야기다. 주체는 과거의 추억이나 기억을 의도적으로 조정하여 바꾸려는 것 같다. 있는 그대로를 받아들이면 불편하고 힘이 들어가니 입맛에 맞게 과거를 재편집해서 해체해 다시 구성하고 있는 듯한 느낌이다. 여기서 바느질 행위는 다시 편집하여 구성하는 것이다. 그것 자체가 블랙 시트콤이다. 현실을 풍자하며 비꼬면서 헛웃음을 짓게 하는 것을 블랙 시트콤이라 한다. 진실이 아닌데 진실인 듯 믿거나 위장하는 것이므로. 가물가물한 기억이나 의미와 가치가 이미 퇴색해버린 말의 표정일 것이다. "스위치 올리는 순간 지문으로 결제"되었다는 것은 항상 이런 방식으로 과거를 소환했다는 의미다. "볼 붉은 쓰레기통에 갈피마다 딱지꽃"이 앉은 것은 상흔이거나 트라우마다. 아니면 있는 그대로 받아들이기 힘든 과거의 경험일 수도 있다. 주체는 그것을 새롭게 해체하여 시침해서 꿰맨다. "우묵한 유산의 기억 밤의 속살"이 갈라진다. "추억의 가면마다 드레싱 핀을 꽂고 마름한 채 버려진 그 시절 시침"하고, "가면 쓴 추억의 세계 푸새하여 꿰"매고자 한다. 그러나 해체하여 다시 재봉하는 순간 파투 난 것이 되므로 이것은 이미 온전하게 기억되지 않는다고 보아야 한다.

거기 벽이 있었어 그땐 왜 몰랐을까
구멍이 숭숭 뚫린 벽이 거기 있었어

새하얀, 혹은 새까만 화지에 핀 꽃말을

추상적인 도발은 눈발처럼 섞이고 거룩한 유희처럼 거슬리는 진술들

번듯한 묘사도 없이 또 하루를 살았다

어느 미궁을 지나 네 곁을 흘렀을까
아직도 미궁인가 또 누굴 흘러갈까

상상 속 폐허를 사는, 날 간추린 가인은…

눈 내리는 천국의 정원 안쪽 요정의 한마디로 눈 녹듯
우주는 삭제되고

어쩌다 마술적으로 너를 하루 살았다
— 「보르헤스의 픽션들처럼」 전문

　세상은 상상하고 의식하는 대로 해체되고 재구성된다.
그것을 통해서 우리는 자유를 얻고 새로운 해방감을 맛본
다. 주체는 그때는 몰랐던 벽이 있었음을 지금 인식한다.
그것도 구멍이 숭숭 뚫린 벽이 있었다는 것을. 의식하는
대로 상상하는 대로 세상은 창조된다. 우리가 살고자 하는
대로 세상은 재구성되는 것이다. 우리가 이 세계에 조종당
하지 않고 구속되지 않으려면 우리 스스로가 조종하는 사
람이 되고 창조하는 주체가 되어야 한다. 그런 의미에서
세상을 주인 된 의식으로 살아가야 한다. 그동안 자기 의
지가 아니라 세상이 부여한 틀에 맞춰 수동적으로 "번듯한
묘사도 없이" 내가 아닌 '너'의 하루를 살았다. 내가 꿈꾸고

살아가는 것이 진실이지 너희들이 만들어낸 것은 꾸며낸 현실이고 가짜다. 시적 주체들은 "상상 속 폐허를 사는" 자신을 간추려 보는 시간을 경험한다.

4.

차압당한 소문이 꽃자리 가득 피어 꿀 먹은 입술 귀에
구멍 내던 벌들은

부르튼 꽃들의 앞날 책임지지 않는다

흩어우는 날개만 초혼가를 부르며 농몽한 초여름밤
촛농처럼 갈앉아

극진한 축제의 막판 옹알옹알 혼잣말

폐허의 안쪽이여 난해한 호흡이여 파랗게 새파랗게
가파른 눈길 접어

섬 달빛 마실 오거든 치성하라 무심은

      — 「욕망은 물질로부터 자유로와라」 전문

체 게바라의 마지막 일기, '인간의 욕망이 물질로부터 자유롭고, 노동이 유희가 되는 사회'에서 차용한 말을 제목으로 쓰고 있다. 과연 욕망이 물질로부터 자유로울 수 있을까? 인간의 육신이 있는 한 욕망은 물질로부터 절대 자유로울 수 없다. 욕망의 뿌리가 모두 물질에서 비롯되었기 때문이다. 자신의 몸을 지켜내려고 먹이고 재우고 입혀야 하며 기본 의식주衣食住 외에도 육신을 위해 해야 할 일들이 많다. 물질은 완성체를 이루는 것과 동시에 와해되어가며 탄생과 함께 죽음을 향해 달려갈 수밖에 없다. 그래서 물질세계는 언제나 부재나 결핍감을 유발한다. 그런데 우리는 물질세계에서 살아가므로 욕망을 언제까지나 온전하게 충족시킬 수 없다. 노동은 유희가 될 수 없다. '놀이하는 인간'이란 의미의 호모 루덴스(Homo Ludens)란 말이 있다. 인간은 뭐든지 즐기면서 해야 하는데, 인간에게서 그 즐거움이 사라졌다. 원시사회에서는 사냥과 채집이 즐거운 놀이였으나 농업사회가 되면서 필요 이상의 일을 하게 되고, 그러면서 일은 고통이 되기 시작한다. 그럼에도 직접적인 욕망 충족은 이뤄지지 않는다. 이 시에서 벌은 모아둔 꿀을 양봉업자에게 빼앗겼다. 물론 벌들도 꽃에서 꿀을 얻어내긴 하지만 꽃에 대해 책임을 지지 않는다. 벌들이 꽃에서 당糖을 얻어 꿀을 만들면, 인간도 벌들이 모은 꿀을 가져간다. 허나 벌에 대해 아무런 책임도 지지 않

는다. 인간의 욕망이 물질로부터 자유로워야 한다는 제목
은 반어적인 의미의 표현인 듯하다.

꽃이 피겠다는데 막을 수 있겠어요
아까시꽃 찔레꽃 아직 피우지 못한
언어는, 어느 먼 생의 입술에서 필까요

꽃들 망막에 꽂힌 흰빛 푸른빛 사이 서로 다른 오늘의
왼눈 오른눈 사이
간 봄의 볕에 타버린 혀의 뿌리 찾아서

꽃이 지겠다는데 막을 수 있겠어요
검은 숲에 버려져 스마트만 진심인
우리는, 어느 천 년 후 여기 다시 올까요

불두화 합장하는 그렇고 그런 봄날 귀 적시는 소리에
그저 우연이란 듯
서운암 꽃자리마다 술렁이는 눈빛들

– 「일인칭의 봄」 전문

일인칭은 이야기를 들려주는 서술자가 작품 속에 있는
경우다. 그 속에 내가 나의 이야기를 직접 하면 주인공이
고, 이야기 속에 있긴 하지만 다른 사람이 주인공이고 다

른 사람 이야기를 한다면 관찰자가 된다. 이 시는 내가 주인공이 되어 그 환경 혹은 조건 속에서 겪는 봄의 풍경을 노래하는 듯하다. 첫 수와 마지막 수에서 상반된 의미의 구성을 취하는 것이 특징이다. "꽃이 피겠다는데 막을 수 있겠어요"와 "꽃이 지겠다는데 막을 수 있겠어요"의 대비 하에 구사되는 이미지의 반복적 구조는 꽃이 피고 지는 자연의 질서는 누군가에 의해서가 아니라 스스로 주체가 되는, 일인칭 봄의 이미지를 그려내기 위한 장치로 보인다. 꽃이 피고 지는 건 막을 수 없다. 꽃은 왔다 가는 존재인데, 나무 입장에서 맞이하는 봄의 의미로 보인다. 꽃이 봄의 손님처럼 왔다 가는 아쉬움과 서운함, 그리움 등의 정서가 여기 머문다. 그런데 이 왔다 가는 인연이 '찰나'여서 마치 꿈만 같다. 어차피 다시 찾아오지 못할 꿈이어서 꿈에 애착을 갖지만, 애착을 갖는 순간 고통은 시작된다.

상처를 안아주면 오늘 더 나아질지 막간에 홀로 앉아
거리 두기 2미터

섬이 된 사랑의 기호 이행하는 눈빛들

나침판 흘린 달은 우리의 얼굴인가
주술이 술술해도 연주되는 레퀴엠

투명한 술잔 속에서 엉켜도는 혀와 혀

죽음을 예측하고 꿈이 꿈을 놓칠 때 오늘 죽은 별들을
조문하는 먹구름

할머니 어머니 사이 레테 강물 갈피에
— 「디스토피아 바람 불어 검은 달이 뜬다」 전문

　디스토피아는 지옥 같은, 악몽의 세계로 유토피아와 상
반되는 개념이다. 이 시에서는 COVID-19의 비극을 말하
는 듯하다. 사회적 거리 두기로 인해 섬이 되었다는 것은
감염병 때문에 2미터의 간격을 두어야 하므로 사람 하나하
나가 섬이 되는 것을 표현한 것이다. "상처를 안아주면 오
늘 더 나아질지" 저 홀로 섬이 되어 앉아 있는 것이 서로
를 지켜내는 일이 된다. 그러다가 어딘가에서 흘러오는 레
퀴엠을 듣는다. 레퀴엠은 사람이 죽었을 때 연주되는 진혼
곡이다. '레테의 강'을 건널 때 망자가 '레테의 강물'을 마시
는데 이것은 살아생전의 기억을 모두 잊게 하는 특성이 있
다. 그러니 레테의 강은 망각의 강이다. 그 강물을 마시면
다시 인간 세상으로 태어날 수 있는 것이다. 사람 사이에
레테 강이 흐른다. 이 시는 실제의 죽음을 의미할 수도 있

지만, 거리 두기 자체가 사람 사이가 멀어진 것이고 자신을 고립시켜 혼자 남겨진 것이므로, 이 자체가 죽음의 상징이 되기도 한다는 것을 의미하기도 한다. 결국 우리는 홀로 고립되고 소외되어서 강을 사이에 둔 존재가 아닌가. 또한 강은 또 다른 세계를 상징하기도 한다는 점에서 보통 이승과 저승을 가르는 경계로서의 차안此岸과 피안彼岸 사이에 놓인 존재이기도 하다. 죽음을 은유적으로 가지고 온 것으로 보인다. "죽음을 예측하고", "할머니 어머니 사이 레테 강물 갈피에", "오늘 죽은 별들을" 먹구름이 조문한다.

5.

마지막 빛줄기에 뼈 묻은 노을처럼 나는 중독될 거야
중독!
거부하지 마

한차례
바람비 이후 꽃잎처럼 헤져도

몇 초 소나기로나 내린

해독의 계절

영정의 방식으로 슬픔을 선택할래

간단한 인사도 없이 나비 꿈을 꾸면서

묵은 애인 복제해 랜덤으로 보내고 눈물의 뿌리부터

지도까지 뭉개고

복구된 너의 계정에 새 숟가락 얹을래

- 「초승의 문법」 전문

   차고 이지러지는 것을 반복하는 달의 속성은 변덕을 상
징하기도 하고 심경의 변화와 무한성을 상징하기도 한다.
초승은 처음 자신의 속살을 살짝 드러내주는 존재다. 주체
는 "마지막 빛줄기에 뼈 묻은 노을처럼" 중독될 거라면서
거부하지 말라고 단호하게 말한다. 그러는 동안 계절은 해
독解毒의 시기가 오고, 주체는 다시 "영정의 방식으로 슬픔
을 선택"하겠다고 다짐한다. 영정은 죽은 자를 기리기 위
해 사용한 사진인데, 이 영정의 방식으로 슬픔을 선택하겠
다고 한 것은 스스로 죽음을 예견하며 떠나보낼 준비를 하
는 것일까? "간단한 인사도 없이 나비 꿈을 꾸면서" 이제
"묵은 애인 복제해 랜덤으로 보내"며 부고를 띄운다. 그동

안 품고 있던 '너'에 대한 기억과 "눈물의 뿌리부터/지도까지 뭉개고" 난 후, "복구된 너의 계정에 새 숟가락 얹"겠다고 말한다. 계정이 복구되었다는 말은 의도와는 상관없이 어떤 외부적인 이유로 사라졌거나 지워졌었다는 의미일 수도 있고 의도적으로 계정을 지우고 다시 계정을 복구시켰다는 의미이기도 하다. 이것은 그믐이 지나고 나면 달이 안 보이다가 다시 초승달이 등장하는 달의 속성을 표현한 듯하다. 계정을 새로 시작하듯 과거를 잊고 다시 시작하겠다는 것일까? 그러나 새로 태어난 '너'를 위해 새 숟가락을 얹는 행위는 또다시 반복될 것이다.

이러한 반복과 순환성은 이명숙 시인이 "세상의 모든 첫"(『시인의 말』)의 출발점에 서 있다는 것이며, 매 순간 '첫'이길 바라는 의도적 전략이 아닐까 생각한다. "차마 모르는 너를 다 잊을 순 없었다"(『튤립의 갈피마다 고백이』)는 그의 기억 속 흰 고백이 자꾸 반복되는 것은 시적 주체의 현재를 살아내는 근거가 되기 때문이다. "마침표, 없는 이 계절 그냥 같이 살아요"(『어떤 언어로도 번역하지 마세요』)라는 문장은 지속적인 반복을 예고한다. 그러나 시적 주체는 "환생을 꿈꾸다가 갇힌 새"(『첼로』)처럼 현실에 얽매여 오도 가도 못한 상황이 되었다. 그래서 멀어서 더 아름다운 별처럼, "하나 된 문장을 위해 다시"(『첼로』) 꿈꾸길 바랐던 것일까? 그래서 "눈꺼풀이 흐르고 상상이 반짝이면 추운 어둠 속에서/사슴의 눈을" 보고, "영혼이 돌아온 그때 사락사락 풀리"(「꽃의 발음 기호」)는 경험을 할 수 있었던 것일지도 모른다. 세상은 여전히 어두우며 춥고 생명이 움틀 준비가 되어 있지 않다. 그러나 그 잿빛 세상 속에서도 분명 탄생을 준비하는 새로운 빛을 찾는 꽃이 움틀 준비를 하고 있다. 가장 어둡고 추울 때 영혼이 돌아오기를, 새로운 생명이 움트기를 기다리는 간절함으로 이명숙 시인의 시는 더욱 서글프고 아름답다.